Collection
John Saulnier

VENTE APRÈS DÉCÈS

COLLECTION JOHN SAULNIER

DE BORDEAUX

TABLEAUX MODERNES

DE PREMIER ORDRE

VENTE HOTEL DROUOT, SALLES N°s 6, 8 & 9

Le Samedi 5 Juin 1886

A DEUX HEURES

EXPOSITION PARTICULIÈRE
Le Mercredi 2 Juin 1886

EXPOSITION PUBLIQUE
Le Vendredi 4 Juin 1886

DE UNE HEURE ET DEMIE A CINQ HEURES

Me ESCRIBE
COMMISSAIRE-PRISEUR
6, rue de Hanovre

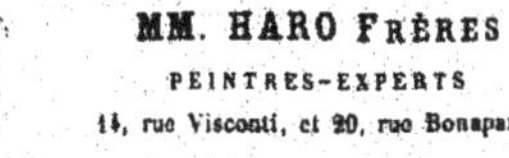

MM. HARO FRÈRES
PEINTRES-EXPERTS
14, rue Visconti, et 20, rue Bonaparte

Avec le concours de M. HARO père ✻, peintre-expert.

CE CATALOGUE SE DISTRIBUE

A PARIS CHEZ

Mᵉ ESCRIBE COMMISSAIRE-PRISEUR rue de Hanovre	MM. HARO FRÈRES PEINTRES-EXPERTS 14, rue Visconti, et 20, rue Bonaparte

ET CHEZ

MM. BOUSSOD ET VALADON
9, rue Chaptal et avenue de l'Opéra.

LONDRES 116 et 117, New Bond Street	BERLIN 28, Franzœsische Strasse

LA HAYE
20, Plaats

Conditions de la vente.

Elle sera faite au comptant.

Les acquéreurs payeront *cinq pour cent* en plus du prix d'adjudication.

PRIX DU CATALOGUE ILLUSTRÉ : 20 francs.

La collection de M. John Saulnier a été commencée il y a plus de vingt-cinq ans; un sentiment unanime d'admiration en a consacré la renommée.

Orphée ramenant Eurydice *fut le premier tableau autour duquel sont venues se grouper tour à tour vingt-sept œuvres de* Corot. *Aussi quelle variété et quel choix parfait de ce maître, le plus tendre, le plus poétique et le plus personnel de nos paysagistes.*

On trouve dans cette collection, où pourront s'enrichir nos musées, six tableaux importants de notre grand peintre Eugène Delacroix : l'Envahissement de la Convention nationale, *où*

Boissy d'Anglas reste calme et impassible, au milieu de l'émeute la plus terrible ; Jésus dormant dans la barque pendant la tempête ; le Christ sur la croix ; *la première pensée du tableau représentant* le Massacre de l'évêque de Liège ; Lion dévorant un cheval ; les Femmes d'Alger au bain, *gracieuse composition où* DELACROIX *a traduit avec une grande poésie la nature orientale qu'il avait si passionnément étudiée.*

GÉRICAULT, MILLET, TH. ROUSSEAU, TROYON, DAUBIGNY, DIAZ, TASSAERT, GUSTAVE MOREAU, JULES DUPRÉ, *etc., complètent cet ensemble merveilleux où les noms les plus fameux de notre École moderne, l'orgueil légitime de la France, sont admirablement représentés.*

Ayant terminé ses études et passé brillamment ses examens de droit, M. John Saulnier partit fort jeune pour les États-Unis, où il resta plusieurs années. A son retour, il alla avec Paul de Saint-Victor visiter l'Italie, la Hollande et la Belgique: il acquit ainsi une grande justesse et une grande sûreté de coup d'œil; son goût éclectique le dirigea sans fâcheux mélange dans ses acquisitions, soit en curiosités, soit en tapisseries et en objets d'art. Mais la peinture fut pour John Saulnier une jouissance de prédilection, et son choix, un reflet de son caractère, de ses goûts distingués et de sa personnalité. Déjà frappé mortellement, il faisait apporter au pied de son lit quelques-uns de ses tableaux; il s'éteignit dans la contemplation des œuvres de Delacroix, qui venaient de lui être rapportées après leur exposition à l'École des Beaux-Arts. Exemple touchant, cet homme supérieur et si convaincu avait consacré à sa chère galerie, et jusqu'à ses derniers moments, ses dernières forces et sa dernière sollicitude.

HARO.

DÉSIGNATION

BONNAT

1 — Portrait de Victor Hugo.

Étude faite d'après nature pour le grand portrait exposé au Salon de 1879.

M. Bonnat avait envoyé ce tableau à une vente au profit de la famille d'un artiste qui venait de mourir, et M. John Saulnier, qui était en ce moment à Paris, en fit l'acquisition.

C'est une peinture puissante, modelée à la façon des sculpteurs, et d'un effet magistral.

Sur un fond d'une tonalité sombre, la tête se détache vivante, et le regard profond du poète est plein de pensées.

(Extrait d'un article sur la collection John Saulnier, par E. Vallet[1], conservateur du musée de Bordeaux.)

Signé.

T. — H., 0,65. L., 0,53.

1. Pour compléter notre Catalogue, nous avons emprunté à M. E. Vallet de nombreuses citations, extraites du beau travail qu'il a publié sur la collection John Saulnier.

BOUDIN

2 — Rade d'Anvers : Marine.

B. — H.. 0,38. L.. 0,21.

COROT

3 — Orphée ramenant Eurydice.

Orphée et Eurydice quittent les Champs-Élysées pour revenir sur la terre ; les figures sont enveloppées dans des vapeurs lumineuses au milieu de bocages mystérieux. Des ombres, groupées au bord d'une rivière, semblent les voir partir avec regret.

Signé à gauche.

T. — H.. 1,35. L.. 1,10.

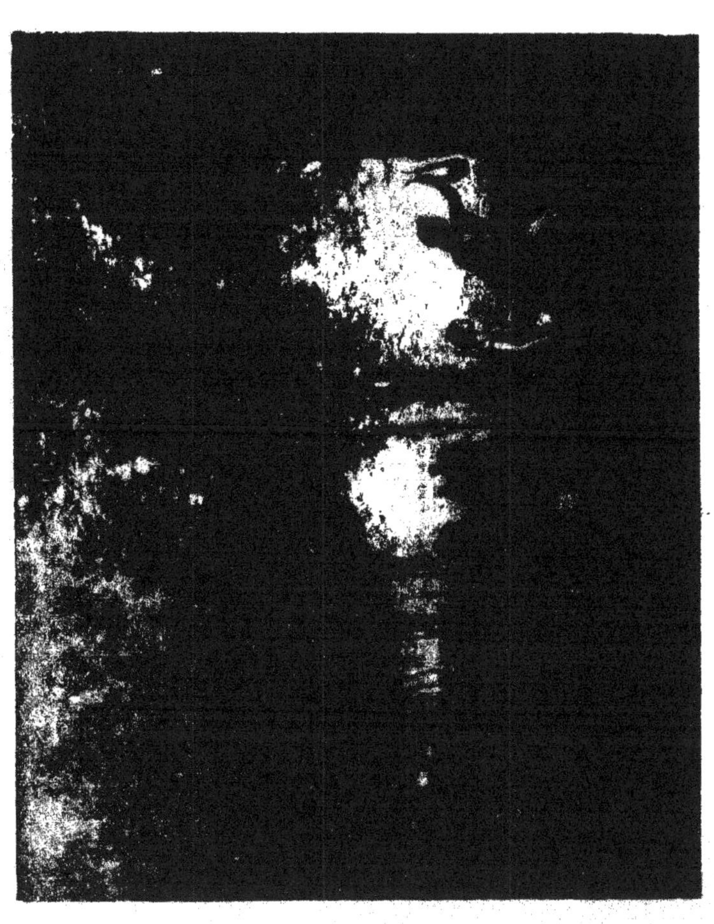

COROT

4 — Forêt de Coubron : la Clairière.

Importante composition d'un sentiment élevé et d'un grand style.

Signé à gauche.

T. — H., 1,35. L., 1,10.

COROT

5 — La Vallée.

Vue prise du chemin des Vaux de Cernay : dans le fond, l'église de Cernay-la-Ville.

Signé à droite.

T. — H., 0,47. L., 0,32.

COROT

6 — Campagne italienne : Ancienne étude.

Vente Corot.

T. — H., 0,32. L., 0,46.

COROT

7 — Le Passeur : Paysage. Lever de lune.

Signé à droite.

T. — H., 0,62. L., 0,46.

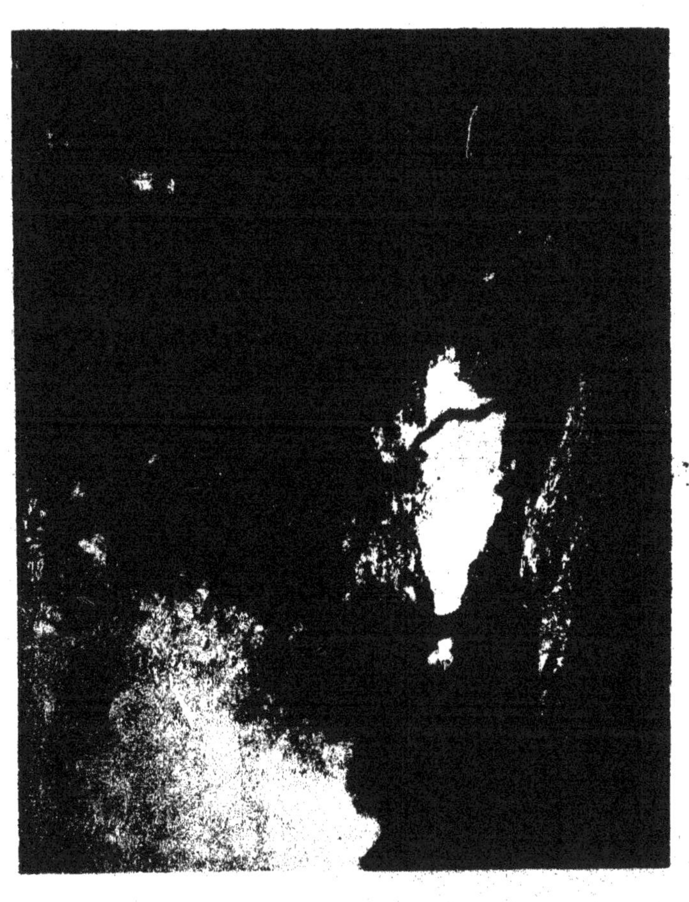

COROT

8 — Lisière de Forêt : Environs de Ville-d'Avray.

T. — H., 0,55. L., 0,65.

COROT

9 — Paysage : Souvenir du lac de Côme. Robaut 618 bis

Signé à gauche.

T. — H., 0,90. L., 1,17.

COROT

10 — Paysage : Bords du ruisseau.

Signé à gauche.

T. — H., 0,65. L., 0,47.

COROT

11 — Paysage : Ferme en Seine-et-Oise.

Signé à droite.

H., 0,55. L., 0,65.

COROT

12 — Paysage : Effet d'orage (Pas-de-Calais).

Signé à gauche.

B. — H., 0,39. L., 0,55.

COROT

13 — L'Allée : Paysage avec figures.

Signé à gauche.

H., 0,60. L. 0,45.

COROT

14 — Petites Paysannes sur la lisière d'un bois : Environs de Coubron.

Signé à droite.

T. — H., 0,39. L., 0,44.

COROT

15 — Paysage : Souvenir d'Italie.

Signé à gauche.

T. — H., 0,34. L., 0,46.

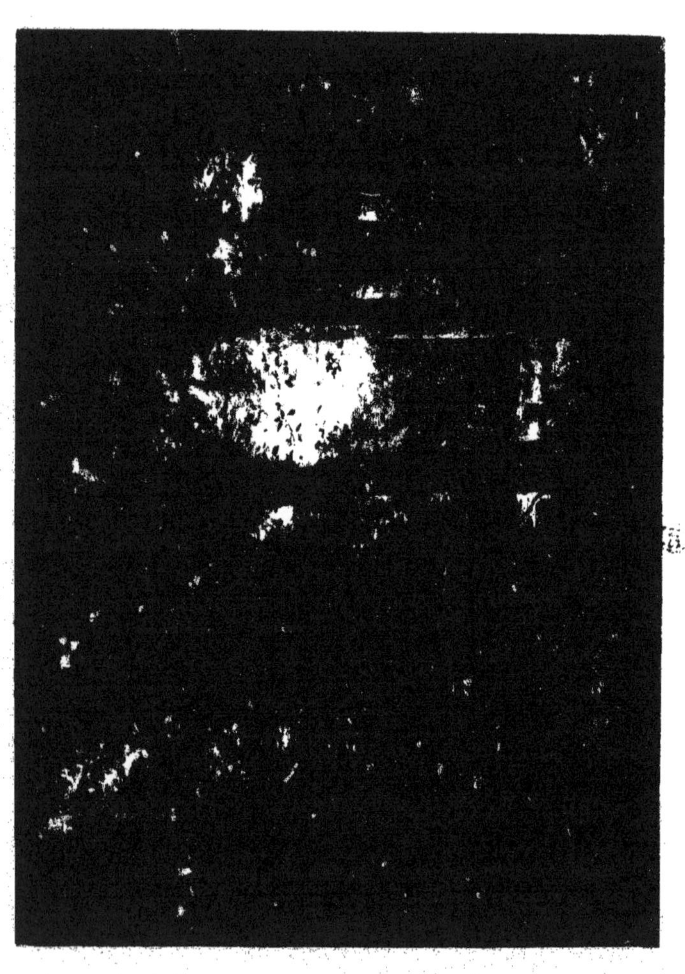

COROT

16 — Le Soir : Souvenir du lac Nemi au clair de lune.

Signé à droite.

T. — H., 0,90. L., 1,17.

COROT

17 — Portrait : Jeune Fille costumée en Grecque.

Signé à gauche.

T. — H., 0,84. L., 0,55.

COROT

18 — Marine : Étude prise à Saint-Malo.

Vente Corot.

T. — H., 0,23. L., 0,32.

COROT

19 — Le Moulin : Paysage avec figures.

Signé à droite.

H., 0,64. L., 0,80.

COROT

20 — Paysage : La Route. Environs d'Auvers (Oise).

Signé à gauche.

H., 0,48. L., 0,50.

COROT

21 — Paysage : Matinée. Environs de Beauvais.

Signé à droite.

T. — H., 0,34. L., 0,45.

COROT

22 — Paysage : Ferme normande. Environs d'Yport.

Signé à droite.

T. — H., 0,44. L., 0,62.

COROT

23 — Paysage avec figures et animaux : Environs de Ville-d'Avray. Effet de matin.

Signé à gauche.

T. — H., 0,45. L., 0,74.

COROT

24 — Paysage : Environs de Paris.

Signé à droite.

T. — H., 0,30. L., 0,40.

COROT

25 — Paysage : Danse de Nymphes. Souvenirs de Larricia.

Signé à gauche.

T. — H., 0,50. L., 0,37.

COROT

26 — Tour au bord de l'eau.

Signé à gauche.

T. — H., 0,30. L., 0,23.

COROT

27 — Clair de lune.

T. — H., 1,17. L., 0,90.

COROT

28 — Souvenirs d'Italie.

Signé à gauche.

T. — H., 0,65. L., 0,48.

COROT

29 — Paysage : Environs de Ville-d'Avray.

Paysage avec figures et animaux.

T. — H., 0,68. L., 0,57.

COROT

30 — Paysage : Le Bac. Vue prise au bord de la Seine à Gloton, en face de Bonnières.

Ce petit tableau, si intéressant et si précieux par sa limpidité et son exécution, a été également attribué à Daubigny, qui a longtemps habité le village de Gloton.

Signé à gauche.

T. — H., 0,30. L., 0,45.

Nota. — Nous devons à l'obligeance et à la grande compétence de M. Français, l'élève et l'ami de Corot, les désignations des endroits où ont été peints les paysages de son maître.

COURBET (Gustave)

31 — Paysage du Jura.

Au premier plan, un taureau et une génisse.
Étude d'après nature, pour le grand tableau représentant les *Demoiselles de village*.

Signé à gauche.

T. — H., 1,18. L., 0,80.

COURBET

32 -- Effet de neige.

Signé à gauche.

T. — H., 0,37. L., 0,42.

DAUBIGNY

33 — Plage à marée basse.

Vue prise à Étretat (côtes de Normandie).

Très belle étude émaillée, dans la gamme des tons gris.

Signé à droite et daté 1878.

B. — H., 0,31. L., 0,51.

DELACROIX (Eugène)

34 — Boissy d'Anglas pendant l'envahissement de la Convention nationale, le 1er prairial an III.

Ce jour-là la colère était plus grande et l'émeute plus terrible. Un jeune député, Ferraud, fut tué et sa tête mise au bout d'une pique.

Appelé, au milieu de ces scènes terribles, à suppléer le président de la Convention, que la fatigue avait forcé de descendre momentanément de son siège, Boissy d'Anglas demeura impassible et calme au milieu des périls qui l'environnaient, salua la tête du citoyen Ferraud, opposant une résistance énergique aux injonctions de la foule, qui réclamait le rétablissement des lois révolutionnaires, et sauva peut-être ainsi, malgré les menaces, l'Assemblée d'une dissolution totale.

Delacroix a rempli la salle de figures menaçantes, armées, criant, hurlant, excitées par le bruit du tambour qui battait la charge ; de sombres grappes humaines, plutôt que des figures d'hommes, faisaient de l'intérieur de la Convention une sorte de sabbat révolutionnaire.

Cette peinture sent la poudre et le sang, les drapeaux eux-mêmes semblent les complices du drame. Le grotesque se mêle au terrible : les tricoteuses dansent au milieu des forcenés et Boissy d'Anglas trône avec la majesté d'un dieu, insensible aux huées de la canaille.

« Delacroix a tiré de cet épisode de la Révolution une œuvre admirablement vivante. Tout ce qu'un sujet aussi dramatique contient, tout ce qu'il peut présenter à l'esprit, Delacroix l'a exprimé avec une puissance extraordinaire.

« Une avalanche de gens armés s'est précipitée dans la salle, tambour en tête. Dans la lumière diffuse de cette vaste enceinte, éclairée d'un côté seulement, et où les tons fauves dominent entremêlés de gris, les baïonnettes, les piques et les pistolets mettent çà et là des reflets sinistres ; la poussière se mêle à la fumée ; l'effarement des uns contraste avec l'emportement farouche des autres ; on entend le bruit que fait cette foule ; on la voit s'agiter sous l'empire des passions contraires qui l'animent.

« La violence, la menace, la frayeur sont partout.

Boissy d'Anglas, seul en face des baïonnettes tournées vers lui et de la tête sanglante qui lui est montrée, debout, tenant encore sa sonnette dans sa main crispée, intrépidement résiste à l'orage.

« Au-dessus de lui, le public des tribunes se penche, anxieux, et trois immenses drapeaux tricolores, merveilles de couleur, de facture et de vérité, déploient leurs plis flottants, que semble agiter l'atmosphère orageuse de la salle. » (Collection John Saulnier, par M. E. Vallet, conservateur du musée de Bordeaux.)

Ce tableau a été acheté directement à Eugène Delacroix et dans son atelier, par MM. Bouruet-Aubertot et Haro père; il appartint plus tard à M. Larrieu (Amédée), qui voulut bien le prêter à la Société des Amis des arts, de Bordeaux, en 1868; il devint ensuite la propriété de M. John Saulnier.

Signé à gauche et daté.

T. — H., 0,80. L., 1,05.

(Gravé par Bracquemond et lithographié par Sirouy.)

DELACROIX (EUGÈNE)

35 — Jésus endormi dans la barque pendant la tempête sur le lac de Tibériade.

Le Christ, la tête entourée d'une auréole lumineuse, est couché, endormi, au milieu de la barque ; les matelots effrayés ont des gestes de désespoir, un d'entre eux a laissé sa rame s'échapper, le ciel est sombre, l'horizon obscurci, les vagues sont soulevées et menaçantes.

« *Jésus endormi pendant la tempête* est classé parmi les chefs-d'œuvre du maître. La barque roule dans la volute d'une énorme vague. Le Christ, couché au fond du bateau, dort, la tête renversée dans les rayons de son auréole. Son sommeil respire une sérénité sublime, la divinité veille dans l'homme endormi. Mais la mer domine et déborde ce groupe religieux. Avec quel art le maître a rendu son immensité, quelle fureur et quelle pesanteur dans le soulèvement de ces flots ! Comme Rubens, comme Rembrandt, comme tous les grands maîtres universels, Eug. Delacroix surpasse les spécialistes dès qu'il aborde leurs genres. *Jésus pendant la tempête* est peut-être la plus belle marine de l'École moderne. »

(Paul de Saint-Victor.)

Delacroix a traité avec passion et plusieurs fois ce même sujet.

Signé.

T. — H., 0,50. L., 0,60.

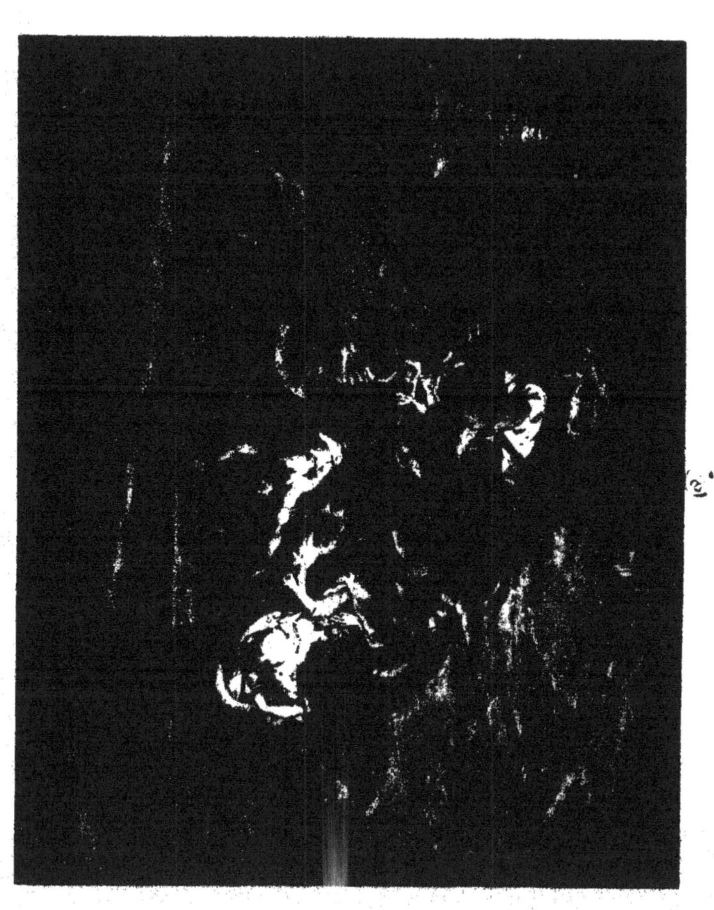

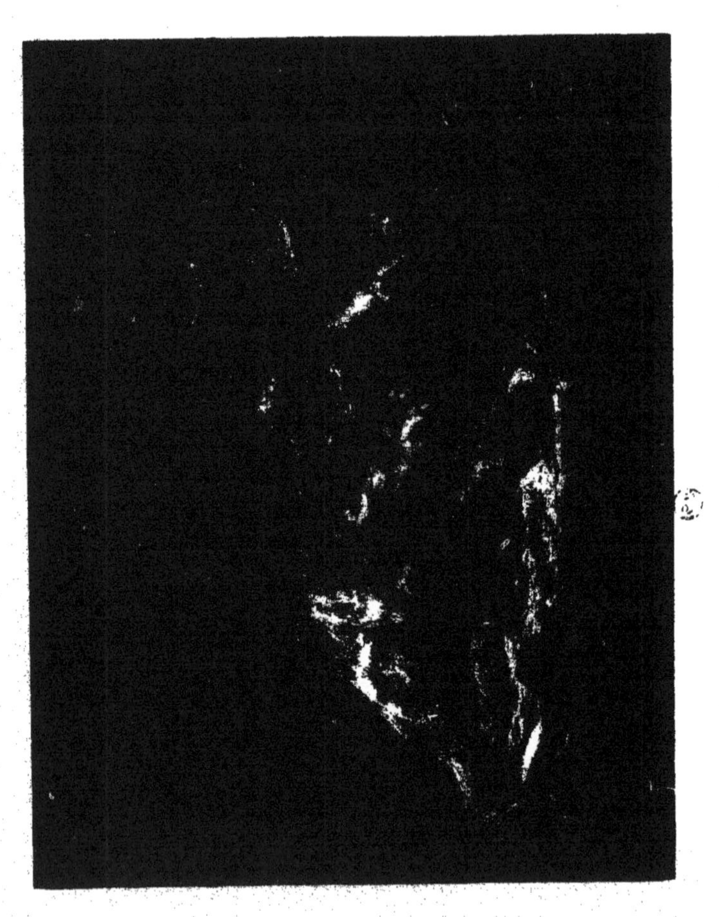

DELACROIX (Eugène)

36 — Le Massacre de l'évêque de Liège.

L'évêque debout, étendant les bras, est amené devant Guillaume de la Marck, dit le Sanglier des Ardennes, au milieu de l'orgie à laquelle se livre une soldatesque effrénée. Le saint prêtre, dont la chape miroitée d'orfrois, rayonne d'un éclat pontifical au milieu de cette cohue de haillons et de ferrailles, se renverse en arrière et lutte inutilement, comme la victime traînée à l'autel de quelque culte barbare.

Se dressant sous son dais et s'appuyant au bout de la table de ses gantelets de fer qu'il n'a pas ôtés, Guillaume de la Marck, dont l'ivresse est maintenue par son armure, crie, à travers le tumulte, l'ordre de mettre à mort l'évêque de Liège. (Théophile Gautier.)

Cette précieuse étude est la première pensée du tableau si célèbre, qui fait partie de la collection de Mme de Cassin.

Signé.

T. — H., 0,22. L., 0,27.

DELACROIX (Eugène)

37. — Lion dévorant un cheval.

Signé à gauche.

T. — H., 0,33. L., 0,41.

DELACROIX (Eugène)

38 — Le Christ sur la croix.

Le Sauveur du monde, placé sur la croix, la tête légèrement inclinée à droite, regarde le spectateur. Au pied de la croix, la Madeleine recueille, sur un linge, le sang précieux du divin Maître; plus loin, les Apôtres, la sainte Vierge évanouie et soutenue par les saintes femmes ; à droite, un groupe de peuple et de soldats.

Composition pleine de grandeur et portant au suprême degré l'empreinte du maître.

Signé en toutes lettres.

T. — H., 0,45. L., 0,38.

DELACROIX (Eugène)

39 — Femmes d'Alger au bain.

Dans un paysage délicieux, sous de beaux grands arbres dont le feuillage d'un vert intense ombrage un cours d'eau, plusieurs jeunes femmes se livrent au plaisir du bain; au milieu d'un bosquet, une statue, et sur le ruisseau, des cygnes.

Signé à gauche.

T. — H., 0,93. L., 0,78.

DIAZ

40 — Les Grandes Délaissées.

Groupe de jeunes femmes, représentées dans l'attitude de la douleur où vient de les plonger l'abandon de l'Amour, qui fuit à tire-d'aile, comme un oiseau à travers les branches.

Importante et poétique composition.

Signé à gauche.

T. — H., 0,27. L., 0,45.

DIAZ

41 — Les Délaissées.

Première pensée du tableau.

Signé à gauche.

T. — H., 0,32. L., 0,18.

DIAZ

42 — Nymphes et Amours.

L'Amour embrasse en se jouant une nymphe assise sur un tertre.

Très gracieuse composition.

Diaz, qu'il peigne les bois et les champs, ou qu'il s'abandonne aux caprices de son imagination, reste toujours un charmeur, un poète, regardant au delà de la réalité.

Signé à gauche.

T. — H., 0,24. L., 0,19.

DIAZ

43 — Paysage : Environs de Barbizon.

Au premier plan, à gauche, quelques flaques d'eau; un chemin que suit une paysanne; plus loin, des bouquets d'arbres; dans le fond, des collines.

Signé à droite et daté 62.

B. — H., 0,32. L., 0,18.

DIAZ

44 — Coucher du soleil par un soir d'orage.

Une mare dans laquelle vient se refléter le soleil couchant se trouve sur le devant du tableau; auprès, un berger et ses moutons; plus loin, des bouquets d'arbres parsèment la plaine; dans le fond, la forêt. Les nuages orageux entourent et voilent presque le soleil sur son déclin.

Tableau d'une remarquable exécution et d'un grand sentiment de la nature.

Signé dans le bas du tableau.

T. — H., 0,44. L., 0,34.

DIAZ

45 — Paysage d'Orient.

Auprès d'une rivière s'élèvent plusieurs habitations turques; plus loin, un bouquet d'arbres, des monticules, et dans le fond, des montagnes.

Signé à gauche et daté.

T. — H., 0,32. L., 0,24.

DIAZ

46 — Sous bois : Bas-Bréau.

Signé à gauche.

B. — H., 0,21. L., 0,27.

DIAZ

47 — Rêves d'amour.

Signé.

B. — H., 0,32. L., 0,24.

DIAZ

48 — Sainte Famille.

La Vierge, l'enfant Jésus et sainte Élisabeth.

Signé à droite du monogramme.

B. — H., 0,21. L., 0,16.

DIAZ

49 — Sous bois : Une après-midi au Bas-Bréau.

Signé à gauche.

T. — H., 0,27. L., 0,36.

DIAZ

50 — Fleurs.

Signé à gauche.

T. — H., 0,22. L., 0,17.

DORE (Armand)

51 — La Jeune Ménagère.

T. — H., 0,80. L., 0,65.

DUPRÉ (Jules)

52 — Vaches à l'abreuvoir.

Ce tableau a toutes les plus belles qualités du maître, un des créateurs du paysage moderne : la nature semble ensoleillée; cette œuvre justifie l'opinion émise par Th. Gautier : « Un peintre, même ayant profité de son initiative, ne peut se vanter de l'avoir dépassé. »

Signé à droite.

T. — H., 0,27. L., 0,22.

DUPRÉ (Jules)

53 — Paysage avec figures et animaux.

Signé à droite.

B. — H., 0,24. L., 0,19.

GÉRICAULT

54 — Mazeppa : Effet de nuit.

T. — H., 0,28. L., 0,21.

GÉRICAULT

55 — Un Soldat : Étude.

T. — H., 0,47. L., 0,34.

HUET (Paul)

56 — Bords de plage à marée basse.

Signé à gauche.

T. — H., 0,30. L., 0,45.

JONGKIND (Johan-Barthold)

57 — Vue de Rotterdam.

T. — H., 0,34. L., 0,47.

58 — Marine.

T. — H., 0,33. L., 0,42.

JONGKIND (Johan-Barthold)

59 — Effet de lune.

T. — H., 0,22. L., 0,31.

60 — Marine.

T. — H., 0,33. L., 0,56.

61 — Paysage.

T. — H., 0,53. L., 0,80.

MANET (Paul)

62 — **Bouquet de fleurs.** 680

T. — H., 0,90. L., 0,69.

MARILHAT

63 — **Paysage.**

Au premier plan, une rivière bordée de roseaux dans laquelle sont reflétés de grands arbres, qui s'étagent sur une colline ; à gauche, une rive boisée. Ciel nuageux. Vue prise en plein midi.

B. — H., 0,40. L., 0,50.

MILLET (Jean-François)

64 — La Gardeuse d'oies ou la Baigneuse.

Une petite paysanne, une gardeuse d'oies, par une chaude après-midi d'été, s'est déshabillée au bord d'une rivière, et, assise dans l'herbe, met le pied dans l'eau avec hésitation, avant de s'y plonger entièrement : c'est une véritable fille des champs.

Au second plan, sous l'ombrage, des oies font des taches grises et blanches.

On retrouve dans ce tableau les plus belles qualités de notre grand Millet : c'est d'un naturalisme très attachant, parce qu'il est avant tout ému et sincère.

Signé à gauche.

T. — H., 0,37. L., 0,46.

MOREAU (Gustave)

65 — La Source troublée.

Œuvre précieuse et fin spécimen du genre si élevé et si personnel de cet artiste.

Signé à droite.

T. — H., 0,46. L., 0,38.

MOREAU (Gustave)

66 — Narcisse.

Signé à gauche.

B. — H., 0,25. L., 0,18.

MOREAU (Gustave)

67 — Léda et Jupiter.

Signé à gauche.

B. — H., 0,25. L., 0,18.

PASINI (Albert)

68 — Vue du Grand Canal : Venise.

Signé à droite et daté.

T. — H., 0,27. L., 0,35.

ROUSSEAU (Théodore)

69 — Vue du Bas-Meudon.

Le peintre a choisi un temps sombre, orageux. La Seine se détache en clair sur la terre brune, dont les plans sont modelés avec une justesse et une solidité admirables.

« A l'été de 1833, il retourne à Saint-Cloud, non plus sous les arbres, mais dans les hauteurs, d'où il peut embrasser des espaces, contempler tout le royaume de lumière et tout un pays en activité de mouvement et de production. De loin il verra les lois des cieux et la logique des vents; il entendra mieux les symphonies aériennes. Il peint alors deux magnifiques panoramas : l'un près de la terrasse de Bellevue et déroulant tout le bassin de Paris et du cours de la Seine, à l'ombre d'une matinée de la fin de l'été ; l'autre, la vallée du Bas-Meudon et l'île Séguin, prise de la terrasse de Saint-Cloud. Au premier plan, un soldat assis sur le parapet fait remarquer à son camarade la diligence qui passe sur le pont de Sèvres. Cette dernière est une étude des plus saisissantes : les eaux de la Seine reflètent les bois et les coteaux de Meudon ; le tout peint avec une finesse d'exécution et une distinction de ton local qui en font un des plus beaux morceaux de peinture de notre époque. »

(*Souvenirs sur Th. Rousseau*, par Alfred Sensier, p. 40 et 41.)

Signé à gauche.

T. — H. 0,80. L., 0,99.

ROUSSEAU (Théodore)

70 — Carrefour de la Reine Blanche.

Un chemin sinueux traverse la clairière ombragée par de grands arbres, dont les cimes seules sont éclairées par le soleil couchant.

Signé à droite.

T. — H., 0,64. L., 0,44.

ROUSSEAU (Théodore)

71 — Paysage avec étang.

Au premier plan, des broussailles, des fougères et des grès; plus loin, un étang dans lequel une paysanne vient faire boire une vache. Ciel nuageux.

Signé à gauche.

B. — H., 0,36. L., 0,24.

ROUSSEAU (Théodore)

72 — Forêt de Fontainebleau.

Au premier plan, un étang reflète de grands arbres de la forêt.

T. — H., 0,98. L., 0,63.

ROUSSEAU (Théodore)

73 — Le Printemps.

Au premier plan, une clairière traversée par un chemin que suit une paysanne portant un fagot et conduisant une vache; plus loin, de grands arbres; à droite, un étang.

Signé à droite.

B. — H., 0,40. L., 0,54.

ROUSSEAU (Théodore)

74 — Sous bois : Fontainebleau.

Un chemin interrompu par une mare d'eau vient du fond du tableau ; au second plan, derrière la mare, le chemin montant se perd dans la forêt.

Signé à gauche.

T. — H., 0,40. L., 0,30.

ROUSSEAU (Théodore)

75 — Gorges d'Apremont.

B. — H., 0,19. L., 0,17.

ROUSSEAU (Théodore)

76 — Paysage.

B. — H., 0,25. L., 0,20.

ROYBET (Ferdinand)

77 — Jeune Page tenant une arquebuse.

Un jeune page vient de déposer une arquebuse sur une table drapée de tapis rouges et verts sur lesquels sont placés divers objets précieux : un ciboire, un casque et différentes pièces d'armure.

Signé à droite et daté 1876.

T. — H., 1,65. L., 1,30.

ROYBET

78 — Nature morte.

Un coffret, un ciboire, une coquille et plusieurs objets précieux déposés sur une table.

Signé en haut, à droite, et daté.

B. — H., 0,70. L., 0,90.

TASSAERT (François)

79 — La Tentation de saint Hilarion.

Cette peinture a souvent été cataloguée, et par erreur, comme étant la Tentation de saint Antoine. Le saint est agenouillé à l'entrée d'une grotte, priant avec ferveur devant un crucifix et une tête de mort pour chasser de sa pensée l'image des plaisirs de sa jeunesse, qui viennent le troubler dans sa solitude. Des femmes nues, dans les poses les plus voluptueuses, présent de l'enfer, qui vient de s'entr'ouvrir, et dont les flammes éclairent d'un côté la scène, tandis que de l'autre côté la lune brille dans une nuit sereine et répand sa clarté sur la campagne endormie.

Tassaert a obtenu une première médaille pour cette composition des plus importantes dans son œuvre.

Signé.

T. — H., 0,93. L., 1,45.

TASSAERT

80 — Rêves de Jésus.

L'Enfant divin, assis sur les genoux de sa mère qui lui présente le sein, est entouré d'anges qui jettent des fleurs.

Signé à gauche et daté.

T. — H., 0,24. L., 0,32.

TASSAERT

81 — La Jeune Ménagère.

T. — H., 0,40. L., 0,32.

TASSAERT

82 — Portrait du docteur X...

T. — H., 0,24. L., 0,32.

TROYON

83 — Bœuf au repos : Vallée de la Toucques.

Magnifique étude d'après nature.

T. — H., 0,49. L., 0,69.

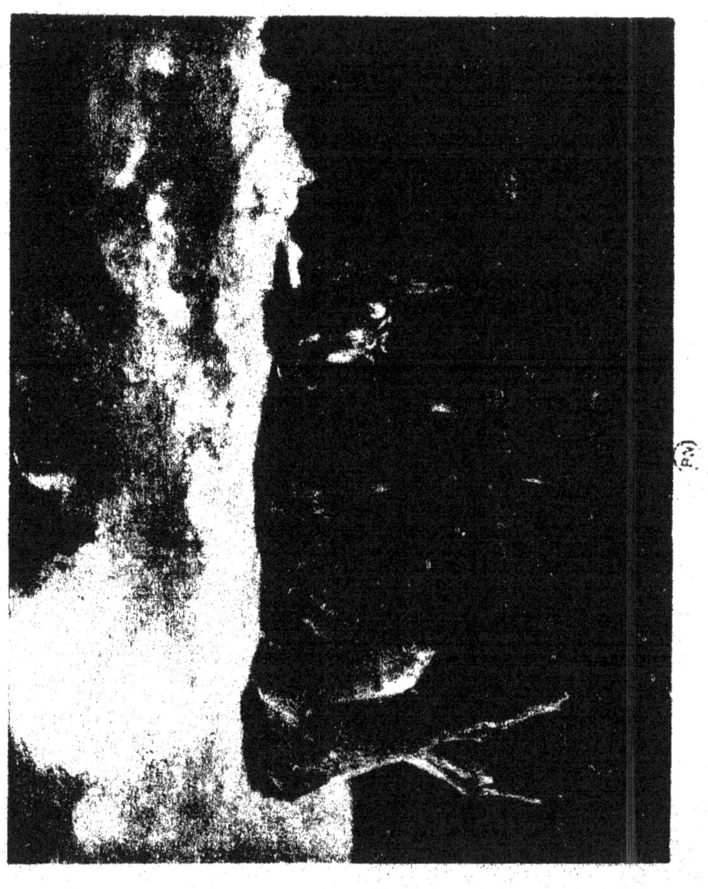

VOLLON

84 — Intérieur de cabane de pêcheur.

Sur le plancher d'une cabane de pêcheur, des moules, des poissons, un chaudron, des poteries; sur un tonneau, une lanterne et des filets; plus loin, une porte à laquelle on accède par une échelle.

Signé en haut à droite.

T. — H., 0,65. L., 0,53.

VOLLON

85 — Bouquet de fleurs.

Sur une table de pierre est posée une potiche remplie de fleurs, etc., etc.

Signé à droite.

T. — H., 0,45. L., 0,34.

?

86 — Marine.

B. — H., , L.,

BRODERIE ET TAPISSERIES

87 — **Broderie de la fin du XVIe siècle : Or, argent, perles fines, pierres précieuses, soies, etc.**

Cette broderie provient de l'église où avait lieu le pèlerinage de Saint-Jean de Tolède. Les deux motifs principaux placés à chaque extrémité représentent : 1° la présentation de l'enfant Jésus au temple, et 2° saint Jean l'évangéliste dans l'île de Pathmos. Le saint a près de lui l'aigle, l'oiseau symbolique, et un pape, un cardinal et de saints évêques.

Une magnifique bordure renfermant les armes parlantes de Tolède, les chiffres et monogrammes de la sainte Vierge avec le Sacré-Cœur, l'aigle de Pathmos en perles fines, entoure les motifs principaux avec des ornementations, des feuilles d'acanthe, des rosaces d'un goût parfait ; ce travail précieux, d'un fini et d'un soin si extraordinaires, a été exécuté sur des dessins merveilleux par des Maures occupés depuis une longue tradition à cette fabrique de Tolède, dont les ouvrages sont aujourd'hui introuvables.

T. — H., 0,80. L., 3,00.

88 — Tapisseries anciennes des Flandres.

Judith à Béthulie.

Les Funérailles de Scipion.

Diverses Tapisseries, Verdures, etc.

BOURLOTON
IMPRIMERIES RÉUNIES
RUE MIGNON, 2. PARIS

www.ingramcontent.com/pod-product-compliance
Ingram Content Group UK Ltd.
Pitfield, Milton Keynes, MK11 3LW, UK
UKHW021601260726
13993UKWH00002B/972

9 782329 307992